尼古拉斯·斯奈德的灵魂

曾经在 附近的住着一个邪恶的人，名字叫 。他是一个卑鄙、艰辛和残酷的人，只爱世界上的一件事，那就是金子。甚至不是为了自己。他喜欢金子给他的力量-统治和压迫的力量，可以在他的意愿下造成痛苦的力量。他们说他没有灵魂，但是他们错了。所有的人都拥有一个灵魂，或者更确切地说，是一个灵魂所拥有；尼古拉斯·斯奈德的灵魂是邪恶的灵魂。他住在仍然站在码头上的旧风车中，只有小克里斯蒂娜（ ）等待着他，为他保留房子。克里斯蒂娜（ ）是一个孤儿，其父母因债务去世。克里斯蒂娜（ ）永远感激不已，尼古拉斯（ ）清除了他们的记忆-花了几百弗罗林-考虑到克里斯蒂娜（ ）应该为他工作而没有工资。克里斯蒂娜（ ）组成了他的整个家庭，只有一位乐意拜访的访客曾把寡妇的遗体挡在门前。 很富有，几乎像尼古拉斯本人一样不幸。"为什么我们两个不结婚？" 尼古拉斯曾经迷恋寡妇。"我们应该一起成为所有赞丹的主人。" 达姆·多拉斯特夫人笑着回答。但是尼古拉斯从来没有着急。

一个下午，尼古拉斯·斯奈德独自一人坐在那间大半圆形房间中央的桌子上，这个房间占据了风车底楼的一半，为他提供了办公室服务，外门敲了敲门。

"进来吧！" 尼古拉斯·斯奈德哭了。他对尼古拉斯·斯奈德语气相当友善。他非常确定扬要敲门-年轻的水手扬·范德沃特 现在是他自己的船长，他向小克里斯蒂娜求助。出乎意料的是，尼古拉斯·史奈德斯 尝到了扬扬将希望破灭的喜悦。听见他恳求，然后狂欢；看着日益苍白的苍白会使尼古拉斯像尼古拉斯那样张扬张扬的面孔，向他解释反抗的后果-首先，扬的老母亲应该如何被拒之门外，他的老父亲因债务而入狱；其次，应该如何在不悔地追逐简本人的情况下，在完成购买之前先将他的船购买下来。采访将使尼古拉斯·斯奈德 追逐自己的灵魂。自从简返回前一天以来，他一直很期待。因此，他确定自己是扬，就哭了"进来！" 非常愉快。

但这不是扬。那是尼古拉斯·史奈德斯 从未见过的人。一次拜访之后，尼古拉斯·史奈德斯再也没有把目光投向他。灯光渐渐消失了，尼古拉斯·斯奈德 并不是在需要蜡烛之前就点蜡烛的人，因此他永远无法准确地描述陌生人的外表。尼古拉斯以为自己看起来像个老人，但是他的一切动作都保持警惕。而他的眼睛（尼古拉斯的一件事清晰可见）却异常明亮而刺眼。

"你是谁？" 尼古拉斯·斯奈德问道，不遗余力地掩饰自己的失望。

"我是小贩，"陌生人回答。他的声音很清晰，而且并非不乐于听，只是有怀疑的声音在后面。

"什么都不要，"尼古拉斯·斯奈德斯闷闷不乐地回答。"关上门，注意这一步。"

但是相反，那个陌生人坐在椅子上，把椅子拉近些，他自己处于阴影中，直视着尼古拉斯·斯奈德的脸笑了起来。

"你确定吗，尼古拉斯·斯奈德？你确定你不需要什么吗？"

尼古拉斯·斯奈德咆哮道："什么都没有，除了看见你的后背。" 陌生人向前弯腰，他那细长的手抚摸着膝盖上的尼古拉斯·斯奈德。"你不想要一个灵魂，尼古拉斯·斯奈德吗？" 他问。

"想想，"奇怪的小贩继续说，直到尼古拉斯才恢复了言语能力。"四十年来，你喝醉了变得卑鄙而残酷的快乐。尼古拉斯·斯内德斯，你不厌倦这种滋味吗？你不想要一种改变吗？尼古拉斯·斯内德斯想到了吗？被爱，听到自己的喜悦尼古拉斯·史奈德斯，这是有福的，而不是被诅咒的！这不是一件好玩的事吗？只是通过一种改变？如果您不喜欢它，您可以返回并再次成为自己。

尼古拉斯·斯奈德回想起后来的所有事情,无法理解的是他为什么坐在那里,耐心地听着陌生人的讲话。因为,在他看来,那似乎是一个流浪的傻瓜的玩笑。但是那个陌生人的事让他印象深刻。

"我有它。"奇怪的小贩继续说。"就价格而言",这名陌生人打手势示意所有肮脏的细节都被驳回了。"我在观察实验结果时会寻求回报。我是一个哲学家。我对这些问题很感兴趣。请看。"那个陌生人跳到他的双腿之间,从他的背包里拿出一个狡猾的做工的银瓶,放在桌上。

这位陌生人解释说:"它的味道并不令人讨厌。""有点苦;但是却不愿被高脚杯喝掉:一个酒杯,就像一个旧托卡伊的酒杯,而两者的思想都固定在同一思想上:'我的灵魂可以进入他,也许他可以进入我!'手术很简单:秘密就在于毒品。"陌生人拍了一下那只古朴的烧瓶,好像是一只小狗。

"你会说:'谁将与尼古拉斯·斯奈德交换灵魂?'"这个陌生人似乎已经准备好回答所有问题。"我的朋友,您很富有;您不必担心。这是人们最珍惜的财产。选择您的灵魂,推动您的讨价还价。我只想一句忠告就交给您:您会发现年轻人比年轻人更年轻,世界已向所有人承诺要向年轻人保证黄金。选择一个精致，公平，新鲜，年轻的灵魂尼古拉斯·斯内德；并迅速选择它；我的朋友，你的头发有些灰白。在你死之前，生活的乐趣。"

奇怪的小贩笑了起来，抬起头，收拾行装。尼古拉斯·斯奈德既不动也不说话，直到那扇巨大的门柔和的叮当声让他的感觉恢复了。然后，抓住陌生人留在他身后的烧瓶，他从椅子上跳了起来，意思是要把他扔到街上后扔掉。但是，火光在其打磨过的表面上闪烁着，他的手停了下来。

尼古拉斯轻笑着说："毕竟这案子是有价值的。"把烧瓶放在一边，点燃两根高高的蜡烛，再次将自己埋在绿色的帐本中。但是尼古拉斯·斯奈德斯的视线仍会时不时地徘徊，到那只银色的烧瓶仍然藏在满是灰尘的纸中的地方。后来又传来敲门声，这次真的是年轻的扬进入了。

简伸出乱蓬蓬的桌子伸了个大大的手。

"我们分开了愤怒，尼古拉斯·斯奈德。这是我的错。你是对的。我请你原谅我。我很穷。我很自私，希望小女仆与我分享我的贫穷。但是现在我不再贫穷了。"

尼古拉斯友好地回答："坐下。""我听说过。所以现在你是船长和船东了-你自己的。"

扬笑着说："我又航行了一次。" "我有 的承诺。"

尼古拉斯暗示："诺言不是表演。" " 不是一个有钱人；更高的出价可能会诱使他。另一个人可能会介入您之间并成为所有者。"

简只是笑了。"为什么，那将是一个敌人的工作，上帝赞扬我不认为我拥有它。"

"幸运的家伙！" 评论尼古拉斯；"我们中很少有人没有敌人。而你的父母，简，他们会和你一起住吗？"

詹回答说："我们希望如此，克里斯蒂娜和我。但是母亲很虚弱。老磨坊已经长大了。"

尼古拉斯同意说："我能理解。" "从老墙上撕下的老藤枯萎了。你的父亲扬；人们会流言语。这家工厂正在付款吗？"

扬摇了摇头。"这将永远不会再发生；债务缠身在他身上。但是，正如我告诉他的那样，这一切都已成为过去。他的债权人已同意向我求助，并等待。"

"他们全部？" 查询尼古拉斯。

扬笑着说："我能发现的所有人。"

尼古拉斯·斯奈德推开椅子，皱着眉头微笑着看着简。"那么你和克里斯蒂娜已经安排好了吗？"

詹回答："先生，请您同意。"

"你会等吗？" 尼古拉斯问。

"我们想拥有它，先生。" 扬笑了笑，但他的语气恰好落在尼古拉斯·斯奈德的耳朵上。尼古拉斯·斯奈德 最喜欢打那只狗，咆哮着，露出牙齿。

尼古拉斯·斯奈德斯说："最好别等了。" "您可能需要等待很长时间。"

扬玫瑰升起了脸，怒气冲冲。"所以一切都不会改变你，尼古拉斯·斯奈德。那就按你自己的方式去吧。"

"尽管我，你还是嫁给她？"

"尽管有你和你的朋友的恶魔，而有主人的魔鬼！" 扬出去。因为简有一个慷慨，勇敢，温柔，脾气暴躁的灵魂。甚至最好的灵魂也有自己的失败。

"对不起，" 老尼古拉斯说。

詹回答："我很高兴听到它。"

尼古拉斯解释说："我为你妈妈感到抱歉。" "可怜的贵妇，我担心她晚年将无家可归。抵押贷款将在您的婚礼当天1月取消。对您的父亲1月对不起。1月的债权人1月-您忽略了其中一个。我为他感到抱歉，一月，监狱一直是他的恐惧。即使对你，我的年轻朋友，我也感到抱歉。你将不得不重新开始生活。 在我的空洞中。这个词，你的船是我的。我希望你的新娘，我的年轻朋友高兴。你必须非常爱她-你将为她付出高昂的代价。"

疯狂的简是尼古拉斯·斯奈德斯的笑容。他寻找一种东西，将其直接扔到邪恶的嘴上，应使其静音，然后偶然地将手照在小贩的银色烧瓶上。同样，尼古拉斯·斯奈德斯的手也张开了。笑容消失了。

"坐下，" 尼古拉斯·斯奈德命令。"让我们进一步谈谈。" 他的声音中强迫了年轻人的服从。

"你想知道，扬，我为什么总是寻求愤怒和仇恨。我有时想知道我自己。为什么慷慨的思想从来没有像其他男人那样出现在我身上！听，扬，我心存异想天开。这种事情不可能，但是，我认为这是我的一个想法，把我的灵魂卖给我，，把我的灵魂卖给我，我也可以品尝一下我所听到的这种爱和高兴。一会儿，我会给你你想要的一切。"

老人抓住了笔，写道。

"看，一月，这艘船是你的，出事了；磨坊自由了；你父亲可能再次抬起头来。一月，我想问的是，你要喝酒给我，愿你的灵魂可以离开你并成为古老的尼古拉斯·斯奈德的灵魂-一月，一月，一会儿。"

老人用发烧的手从小贩的酒壶上抽出塞子，将酒倒入双杯中。扬的爱好是开怀大笑，但老人的渴望几乎是疯狂的。他肯定生气了；但这并不会减少他签署的文件的装订率。真正的男人不会开玩笑，但克里斯蒂娜的脸却从阴暗中照耀着简。

"你会是认真的吗？" 低语的尼古拉斯·斯奈德。

"愿我的灵魂从我身边过去，进入尼古拉斯·斯奈德！" 詹回答，把空杯子放到桌子上。两人站在一起，望了一会儿。

乱七八糟的桌子上高高的蜡烛闪烁着，熄灭了，好像是吹了一口气，第一个然后是另一个。

扬的声音从黑暗中传来："我一定要回家。" "你为什么吹灭蜡烛？"

尼古拉斯回答："我们可以从火中再次点燃它们。" 他没有补充说他本打算问同样的问题。他把它们推在发光的木头上，第一个然后再另一个。阴影又回到了角落。

"你不会停下来见克里斯蒂娜吗？" 尼古拉斯问。

扬回答："不是今晚。"

尼古拉斯提醒他："我签名的纸，" 你知道吗？

詹回答："我已经忘记了。"

老人从书桌上拿走了，递给了他。扬把它塞进他的口袋，走了出去。尼古拉斯把门闩在他身后，回到他的书桌上。坐在那儿很长，肘部放在开放的帐本上。

尼古拉斯把分类帐推到一边，笑了。"多么愚蠢！好像是这样！那个家伙一定把我迷住了。"

尼古拉斯冲向火炉，在大火前温暖了双手。"不过，我很高兴他要嫁给这个小姑娘。一个好人，一个好人。"

尼古拉斯一定在大火之前睡着了。当他睁开眼睛时，那是灰色的曙光。他感到寒冷，僵硬，饥饿，并决定横渡。克里斯蒂娜为什么没有叫醒他，给他晚餐。她是否认为他打算在木椅上度过一夜？这个女孩是个白痴。他会上楼，通过门告诉她他对她的想法。

他上楼的方式穿过了厨房。令他惊讶的是，克里斯蒂娜坐在那儿，在疲惫的炉排前睡着了。

"按我的话，"尼古拉斯喃喃自语道，"这座房子里的人似乎不知道要用什么床！"

但这不是克里斯蒂娜，所以尼古拉斯告诉自己。克里斯蒂娜（ ）的脸像一只受惊的兔子：它总是使他恼火。这个女孩，即使在熟睡中，也表现出一种无礼的表情——一种令人愉悦的无礼的表情。此外，这个女孩很漂亮-非常漂亮。的确，一个漂亮的尼古拉斯姑娘一生中从未见过。为什么尼古拉斯年轻的时候的女孩如此完全不同！突然的苦涩抓住了尼古拉斯：好像他很早以前才知道，不知道被抢劫一样。

孩子一定很冷。尼古拉斯（ ）拿起他的毛茸茸的斗篷，并把它包裹在她身上。

他还有其他事情要做。这个想法出现在他的身上，同时非常轻柔地将斗篷画在她的肩膀上，以免打扰她-他想做的事情，只要他能想出那是什么。女孩的嘴唇分开了。她似乎是在和他说话，要他做这件事-或告诉他不要做。尼古拉斯不能确定是哪个。他转过身六次，然后五次偷偷回到她坐在那里睡觉的表情，脸上露出一丝愉悦的表情，嘴唇张开了。但是尼古拉斯想不到她想要什么，或者他想要什么。

克里斯蒂娜也许会知道。克里斯蒂娜（ ）也许会知道她是谁，以及她如何到达那里。尼古拉斯爬上楼梯，向他们发誓要吱吱作响。

克里斯蒂娜的门开着。房间里没人 床还没睡。尼古拉斯下了吱吱作响的楼梯。

这个女孩还在睡觉。克里斯蒂娜本人可以吗？尼古拉斯一一检查了美味。据他所知，从未见过那个女孩；然而，克里斯蒂娜的脖子上一直挂着克里斯蒂娜的小盒，她的呼吸在她的脖子上（尼古拉斯从未注意到）。尼古拉斯很清楚；她母亲克里斯蒂娜（）的一件事坚持要保留。她曾经违抗过他的一件事。她永远也不会和那个小盒分开。一定是克里斯蒂娜本人。但是她怎么了？还是对他自己。记忆扑向他。奇怪的小贩！现场与简！但肯定那是个梦吗？可是，到处是乱七八糟的桌子上还站着小贩的银瓶，还有双彩色玻璃杯。

尼古拉斯试图思考，但他的大脑在旋转。一道阳光从窗户射进尘土飞扬的房间。尼古拉斯从未见过阳光，因此他可以回忆起。他不由自主地将手伸向它，消失时感到一阵悲痛，只留下了灰色的光芒。他画了生锈的螺栓，扔开了大门。摆在他面前的是一个陌生的世界，一个新的光影世界，以它们的美丽吸引了他-一个低沉而柔和的声音向他呼唤。再次有一种被抢劫的痛苦感觉。

"这些年来我本可以很高兴，"老尼古拉斯喃喃自语。"这只是我所钟爱的小镇-古朴，宁静，像家一般。我可能有朋友，老朋友或我自己的孩子-"

克里斯蒂娜正在睡觉的景象在他眼前闪过。她来找他一个孩子，只对他感激。如果他有眼睛能见到她，那么一切都可能会有所不同。

为时已晚？他没有那么老，不是那么老。新的生活在他的脉络中。她仍然爱扬，但那是昨天的扬。将来，的每一个言行都会受到曾经是尼古拉斯·斯奈德的灵魂的邪恶灵魂的启发-尼古拉斯·斯奈德牢记在心。任何女人都可以爱上它，让案件变得像你一样英俊吗？

作为一个诚实的人，他应该通过所谓的把戏来保持他从简赢得的灵魂吗？是的，这是一笔很划算的交易，而简（）付出了代价。此外，简似乎并没有塑造自己的灵魂。这些都是机会。为什么要给一个人金，给另一个人干豌豆？他对的灵魂拥有与一样多的权利。他比较聪明，他可以做得更好。简的灵魂深爱着克里斯蒂娜；如果可以的话，让简的灵魂赢得她。简的灵魂听了争论，想不出一个反对的词。

当尼古拉斯重新进入厨房时，克里斯蒂娜还在睡觉。他着火，煮了早餐，然后轻轻地唤起了她。毫无疑问是克里斯蒂娜。当她的目光停留在老尼古拉斯上时，那头吓坏了的兔子的表情又回到了她身上，这总是使他烦恼。现在它使他很恼火，但是这种恼怒是针对他自己的。

"昨晚我进来时你睡得很香-" 克里斯蒂娜开始说。

尼古拉斯打断了她："你害怕叫醒我。" "克里斯蒂娜（），你以为旧的举报会交叉。听着，克里斯蒂娜（）。昨天你还清了父亲欠的最后一笔债务。这是给老水手的-我以前没找到他。你欠的钱不多一分,剩下的只有一百弗罗林,只有你想问我的事,这就是你的。"

克里斯蒂娜( )在那时和以后的日子里都不明白。尼古拉斯也没有启发她。因为简的灵魂已经结识了一个非常明智的老人,他知道活下去的最好方法是大胆地活在当下。克里斯蒂娜可以肯定的是,古老的尼古拉斯·斯奈德神秘地消失了,取而代之的是一个新的尼古拉斯,他用亲切的眼睛看着她-坦率、诚实、令人信服。尽管尼古拉斯从没这么说过,但克里斯蒂娜还是想到了她自己,她的甜美榜样,她那令人羡慕的影响力,促成了这一奇妙的变化。对克里斯蒂娜( )来说,这种解释似乎并非不可能,甚至令人愉悦。

看到他乱七八糟的桌子令他讨厌。从清晨开始,尼古拉斯会整天消失,到了晚上,又累又快乐,回到家,带来了克里斯蒂娜嘲笑的花朵,告诉他他们是杂草。但是重要的名字是什么?尼古拉斯很漂亮 在赞丹,孩子们从他那里跑了出来,狗在他身后咆哮。尼古拉斯从小路逃逸,就会远走全国。周围村庄的孩子们认识了一个爱缠绵的老家伙,他的手放在他的职员上,看着他们的玩耍,听着他们的笑声。口袋里有充裕的东西。他们的长者路过,会互相窃窃私语,就像他扮演邪恶的老尼克(赞丹的悲惨人物)一样,想知道他来自哪里。也不只是孩子们的脸教他的嘴唇微笑。起初让他感到困扰的是，发现这个世界充满了如此奇妙的漂亮女孩，也有或多或少可爱的漂亮女人。使他感到困惑。直到克里斯蒂娜（）发现尽管如此，他的思想始终始终是最漂亮，最可爱的。然后每张漂亮的脸蛋使他高兴：这让他想起了克里斯蒂娜。

克里斯蒂娜（）在第二天回来时，在她的眼神中遇到了悲伤。她父亲的老朋友农夫比尔·斯特拉斯特打电话给他看尼古拉斯。没有找到尼古拉斯，与克里斯蒂娜谈了一点。一位顽固的债权人将他拒之门外。克里斯蒂娜装作不知道债权人本人是尼古拉斯，但对这样邪恶的人可能会感到惊讶。尼古拉斯什么也没说，但是第二天，农夫比尔斯特拉特再次打来电话，微笑，祝福和奇妙。

"但是他会发生什么呢？" 一遍又一遍地重复着农民。

克里斯蒂娜（）笑了，回答说也许是好神感动了他的心。但自己想，也许这是另一个人的好影响。故事飞了。克里斯蒂娜（）发现自己四面楚歌，并且发现自己的调解总是成功，对她自己越来越满意，对尼古拉斯·斯奈德 也越来越满意。因为尼古拉斯是个狡猾的老先生。简的灵魂使他高兴地化解了尼古拉斯的灵魂所带来的邪恶。但是留给他的尼古拉斯·斯奈德的大脑低声说："让小佣人认为这是她的全部。"

这消息传到了达姆·达勒斯特夫人的耳中。同一天晚上，她坐在尼古拉斯·斯奈德对面的英伦努克对面，尼古拉斯·斯奈德抽烟，看上去很无聊。

贵妇人告诉他："你在自欺欺人，尼古拉斯·斯内德。""每个人都在嘲笑你。"

"我宁愿他们笑而不愿骂我。"尼古拉斯咆哮。

"您忘了我们之间过去的一切吗？"要求夫人。

尼古拉斯叹息道："我希望能。"

那位女士开始说："在你的年龄-"。

尼古拉斯打断了她："我一生都比以前年轻。"

贵妇评论说："你看不出来。"

"看起来有什么关系？"抢夺尼古拉斯。"是男人的灵魂才是真正的男人。"

这位女士说:"随着世界的发展,它们很重要。""为什么,如果我喜欢效法您的榜样,自欺欺人,那会有年轻人,好年轻人,英俊的年轻人-"

"别让我妨碍你,"尼古拉斯迅速插话。"正如你所说,我老了,我脾气暴躁。一定有比我更好的男人,更值得你的男人。"

"我没有说没有,"那位女士回答说:"但没有人更合适。男孩的女孩,老人的老妇。如果你有的话,我还没有失去智慧,尼古拉斯·斯奈德。再次成为你自己-"

尼古拉斯·斯奈德突然站起来。他喊道:"我就是我自己,打算留在我自己!谁敢说我不是我自己?"

"我愿意。"那位贵妇恼怒地反驳道。"尼古拉斯·斯奈德在一个漂亮面孔的娃娃的竞标中不是他本人,他用双手将钱从窗户里扔了出去。他是个被迷住的生物,我为他感到抱歉。她会为你而愚弄你她的朋友们,直到你一分钱都没剩下,然后她会嘲笑你。当你自己,尼古拉斯·斯内德斯,你会对自己发疯–记住这一点。" 达姆·多拉斯特 游行出去,猛撞了她身后的门。

"女孩子是男孩,老妇人是老男人。" 这句话一直在他耳边响起。迄今为止,他新发现的幸福充满了他的生活,没有任何思考的余地。但是老太太的话播下了反思的种子。

克里斯蒂娜在骗他吗?这种想法是不可能的。她从来没有为自己辩护过,从未有过为简辩护过。邪恶的思想是圣母院夫人邪恶思想的产物。克里斯蒂娜爱他。他的到来使她的脸发亮。对他的恐惧从她身上消失了;一个很专制的人取代了它。但是那是他寻求的爱吗?扬在老尼克的遗体里年轻而热情。它希望克里斯蒂娜不是女儿,而是妻子。尽管老尼克的身体,它能赢得她吗?简的灵魂是一个不耐烦的灵魂。最好知道而不是怀疑。

尼古拉斯说:"不要点燃蜡烛;让我们仅凭火光来谈一谈。" 克里斯蒂娜微笑着将椅子拉向大火。但是尼古拉斯坐在阴影里。

尼古拉斯说:"克里斯蒂娜,你每天都变得越来越美丽,她更甜美,而且更加女性化。他将成为一个快乐的男人,称你为妻子。"

克里斯蒂娜的脸上露出了微笑。她回答:"我永远不会结婚。" "从来没有一个长词,一个小词。"

"一个真正的女人不会嫁给一个她不爱的男人。"

"但是她可以不嫁给她的男人吗?" 尼古拉斯笑了。

克里斯蒂娜解释说:"有时候她可能没有。"

"那是什么时候?"

克里斯蒂娜的脸转过身。"当他不再爱她的时候。"

老尼克身体中的灵魂高兴地跳了起来。"克里斯蒂娜,他不配你。克里斯蒂娜。他的新财富改变了他。不是吗?他只想到钱。这似乎是一个苦难者的灵魂进入了他。为了她的金袋,广阔的土地和众多的磨坊,只要她能拥有他,你就不会忘记他吗?"

"我永远不会忘记他。我永远不会爱另一个人。我试图隐藏它;而且我常常满足于发现世界上有很多我可以做的事,但我的心却在破碎。" 她站起来,跪在他身旁,双手紧紧抱住他。她说:"我很高兴你让我告诉你。" "但是对你来说,我承受不了。你对我很好。"

为了得到答案,他用枯萎的手抚摸着那只枯萎的膝盖的金色头发。她抬起他的眼睛 他们充满了眼泪,但是微笑着。

她说："我听不懂。" "我有时认为你和他一定改变了灵魂。他像你以前一样坚强，卑鄙和残忍。" 她笑了，他周围的手臂绷紧了片刻。"现在你就像他曾经那样温柔，温柔，伟大。好像好上帝把我的爱人从我身边夺走了，给了我一个父亲一样。"

"克里斯蒂娜，请听我说，" 他说。"是人而不是身体是灵魂。你不能为我的新灵魂爱我吗？"

克里斯蒂娜笑着说："但我确实爱你。"

"你能当丈夫吗？" 火光照在她的脸上。尼古拉斯握着他的枯萎的手，漫不经心地望着它。读他在那儿读的书，放回胸前，用枯萎的手抚慰。

他说："我在开玩笑，小家伙。" "男孩的女孩，老人的老妇。等等，尽管如此，你仍然爱扬吗？"

克里斯蒂娜回答："我爱他。" "我无能为力。"

"如果他愿意，你愿意嫁给他，让他的灵魂成为现实吗？"

克里斯蒂娜回答："我爱他。" "我无能为力。"

老尼古拉斯在临死之火前独自一人坐着。是灵魂还是身体才是真正的男人？答案并不像他想的那么简单。

"克里斯蒂娜爱扬"-尼古拉斯对垂死的火喃喃自语-"当他拥有扬的灵魂时，她仍然爱他，尽管他拥有尼古拉斯·斯奈德的灵魂。当我问她是否可以爱我时，那是恐怖的我在她的眼中读，尽管简的灵魂现在在我心中；她将它神化了，那一定是真正的简，真正的尼古拉斯的身体。如果克里斯蒂娜的灵魂进入了达姆·吐拉斯特的身体，我应该从克里斯蒂娜（　　），从她金色的头发，无情的眼睛，张开的嘴唇，想要萎缩的圣母院缩的尸体吗？她，虽然克里斯蒂娜对我毫无用处，但一定是我们所爱的灵魂，否则扬仍然会爱上克里斯蒂娜，而我应该是个流浪者尼克。"每一个计划，尽我所知，尽一切可能会让他发疯，当他回到自己的身体时；克里斯蒂娜（　）不再在乎，会嫁给戴姆·达勒，因为她的土地广阔，她的许多工厂。显然，灵魂才是真正的男人。那么我以为自己要回到自己的体内，知道我会和克里斯蒂娜结婚就不应该高兴吗？但是我不高兴；我很痛苦。我不会跟简的灵魂一起去，我会感到；我自己的灵魂会回到我身边。我将再次成为我以前的坚强，残酷，卑鄙的老人，直到现在我将变得贫穷和无助。人民会嘲笑我，我会诅咒他们，无能为力。当她学到所有知识时，连达姆·达勒斯特·拉斯特都不愿我。但是我必须做这件事。只要简的灵魂在我心中,我就比自己更爱克里斯蒂娜。我必须为她着想。我爱她-我无能为力。"

旧的尼古拉斯升起,从他藏匿它的地方-一个狡猾的做工的银瓶-离开了那个地方。

尼古拉斯沉思着说:"只剩下两个玻璃杯。"他轻轻地将烧瓶摇到耳朵上。他把它放在他面前的桌子上,然后再次打开旧的绿色分类帐,因为仍有工作要做。

他很早就叫克里斯蒂娜。"命令克里斯蒂娜,取这些信,"他命令。"当您把所有的东西都交付了之后,但不是在以前,请去;告诉他我正在这里等他做生意。"他吻了她,似乎很想放开她。

克里斯蒂娜笑着说:"我只有一点时间。"

他回答:"所有分开只需要一点时间。"

老尼古拉斯预见到他会遇到的麻烦。扬很满足,不想再成为一个多愁善感的年轻傻瓜,渴望与一个身无分文的妻子混在一起。简还有其他梦想。

"喝，男人，喝！" 尼古拉斯不耐烦地喊道，"在我想改变主意之前。克里斯蒂娜，只要你嫁给她，就是赞丹最富有的新娘。有事迹；读它，然后迅速读。"

然后扬同意了，两人喝了酒。和以前一样，他们之间呼吸了一下；扬用手遮住了一下眼睛。

遗憾的是，他这样做了，因为在那一刻，尼古拉斯抢夺了桌子上简旁边的契约。下一瞬间，它正在燃烧。

"没有你想的那么差！" 传来尼古拉斯嘶哑的声音。"没有你想的那么差！我可以再建，我可以再建！" 怪物在大火前张开双臂枯萎地笑着，以免丑陋，让简在克里斯蒂娜被毁的嫁妆上设法挽救她。

扬没有告诉克里斯蒂娜。尽管简全可以说，她还是会回去的。尼古拉斯·斯奈德 用诅咒把她赶出门。她不明白。唯一清楚的是扬回到了她身边。

简解释说："这是一种奇怪的疯狂抓住了我。" "让海风带给我们健康。"

因此，从扬的船甲板上，他们看着古老的赞丹，直到它消失在空中。

克里斯蒂娜（ ）哭了没想到再也看不见了。但简安慰她，后来新面孔掩盖了旧面孔。

和老尼古拉斯娶了达姆·拉斯特 为妻，但不幸的是，他活到邪恶的时间才长了几年。

很久以后，简就把整个故事告诉了克里斯蒂娜（ ），但听起来很不可能，克里斯蒂娜（虽然她当然不是这么说的）并不太相信，但认为简（ ）试图解释自己生命中那奇怪的月份在此期间，他向女士致敬。然而，尼古拉斯在同一个短短的月份里与他平时的自我却是如此不同，这确实令人感到奇怪。

克里斯蒂娜想，"也许吧，如果我不告诉他我爱扬，他就不会回到原来的样子。可怜的老先生！毫无疑问，这是绝望的。"

www.ingramcontent.com/pod-product-compliance
Lightning Source LLC
LaVergne TN
LVHW021750060526
838200LV00052B/3565